Un appello al corvo

Translated to Italian from the English version of
A Plea to the Crow

Reet Miglani

Ukiyoto Publishing

Tutti i diritti di pubblicazione globali sono detenuti da

Ukiyoto Publishing

Pubblicato nel 2025

Contenuto Copyright © Reet Miglani

ISBN 9789367950814

Tutti i diritti riservati.

Nessuna parte di questa pubblicazione può essere riprodotta, trasmessa o memorizzata in un sistema di recupero, in qualsiasi forma e con qualsiasi mezzo, elettronico, meccanico, di fotocopiatura, registrazione o altro, senza la previa autorizzazione dell'editore.

Sono stati rivendicati i diritti morali dell'autore.

Questa è un'opera di fantasia. Nomi, personaggi, aziende, luoghi, eventi, località e incidenti sono frutto dell'immaginazione dell'autore o utilizzati in modo fittizio. Qualsiasi somiglianza con persone reali, vive o morte, o con eventi reali è puramente casuale.

Questo libro viene venduto a condizione che non venga prestato, rivenduto, noleggiato o diffuso in altro modo, senza il previo consenso dell'editore, in una forma di rilegatura o copertina diversa da quella in cui è stato pubblicato.

www.ukiyoto.com

DEDICA

Al mio Dedalo, per aver reso le mie ali di ferro e avermi fatto volare vicino al Sole. Ti voglio bene mamma.

Riconoscimento:

Questo libro avrebbe dovuto richiedere molto più tempo per essere scritto conoscendomi, ma avevo anche qualcuno che mi conosceva meglio di me.

Mamma, grazie per avermi chiesto con dolcezza (ossessiva) i miei progressi ogni giorno e per avermi motivato (minacciato) a scrivere ogni giorno. Questo libro non sarebbe stato possibile senza di voi.

Cara signora Jugran,

Grazie per avermi sempre fatto credere in me stessa, indipendentemente dalla lingua in cui scrivevo, e per essere sempre stata un grande sostegno per me. La vostra guida e il vostro amore hanno avuto un ruolo fondamentale nel farmi diventare la persona che sono oggi, e per questo vi sono molto grata.

E Daada, anche se non hai mai capito bene le mie poesie (o i miei saggi), ti ringrazio per avermi sempre dato quel 10/10 che non ho mai avuto dalla mamma (con lei sono sempre ferma a 8,5). Desiderando e sperando che questo libro mi faccia guadagnare quell'1,5 in più

Contenuti

.sussurri d'argento	1
Mascherata	3
Kala	5
Il giorno in cui la morte si innamorò della vita	6
Le sfumature del bianco	8
Poesia nel vino versato	9
Vangeli rossi	10
Soggiorno	11
Frammenti di mare	12
Poesia in un bicchiere di vino	14
Occhi e costellazioni	16
La R in cRime	18
La figlia dell'universo	20
Un appello al Corvo	21
La nostra lingua	22
Ore 3:14.	23
Come muoiono le stelle	25
Nuvole d'argento	26
Ricordi fugaci	28
6 Piedi	29
Ancora domani	30
Tradizione infranta	31
Borsa lanciata	32
Sfumature di rosso	33
6:19	35
Il mio arazzo	36
Mani cremisi	37
Polvere d'oro	38
Stelle rotte	39

.sussurri d'argento

Una bella ragazza che balla nelle strade vetrate dalla luna. Il silenzio sovrasta ancora la brezza.

Danzava come se ascoltasse le più belle melodie, mormorando di tanto in tanto una o due parole.

Lei portava via le parole degli altri, rubando i loro sussurri.

Impacchettando le loro lodi e rinchiudendole.

Danzerebbe finché i suoi piedi sanguinano d'argento, e il mattino la spazzerebbe via. Cantava melodie cariche di miele,

Sussurri di un amore non corrisposto.

Rubava i cuori delle persone con sguardi laterali, solo un battito di piedi, un'eco della sua voce,

E tu eri la sua.

La mezzanotte era il suo momento di splendore, la luna illuminava il suo viso pallido,

Il suo abito di raso imita la sua grazia. Ballava come se nessuno la stesse guardando, sulle canzoni più belle che si potessero ascoltare.

Ma venne un giorno in cui non lo fece; quando le urla nella sua mente cessarono

Le hanno tolto la musica, le hanno tolto le melodie e

hanno lasciato che il silenzio cadesse sulla città dei morti.

Mascherata

Pareti dorate con un tocco di bronzo, Vino costoso, il più puro degli alcolici. Ricchi abiti ricamati d'oro e abbaglianti, lei con il suo semplice abito vecchio e logoro.

"Non è abbastanza", pensò mentre si precipitava nei corridoi,

Torna in camera sua con le forbici e un vestito di una taglia troppo piccola.

La stoffa si tagliava, il sangue gocciolava, il sudore colava, le lacrime cadevano... Alzò lo sguardo dal suo lavoro quando sentì bussare. "Una richiesta della mia presenza", pensò felice, ma poco sapeva,

Era solo una facciata, i sorrisi di benvenuto, solo per fare scena.

Entrò nella stanza con un vestito più scintillante, più diamanti, più ricami, ma in qualche modo non si sentiva ancora all'altezza.

Un piccolo picco, un intero spettacolo,

una maschera si è tolta, dando inizio agli eventi della serata. La carta da parati si strappò, rivelando carne rosso sangue, il lampadario si ruppe, i vetri si trasformarono in artigli.

Si sentì un urlo, forse era lei, o forse no. Le sussurra

all'orecchio, versando lacrime a fiumi,

Si strappa il vestito, urla di tutto. Lo sbattere della porta mentre si chiudeva, l'eco delle sue suppliche mentre cercava di scappare. Forse era il destino, forse no,

Ma la mascherata era destinata a trasformarsi in un massacro

Kala

L'arte non risparmia nessuno. Non risparmia nessun errore, nessuna linea sbagliata, nessuna curva lasciata incompiuta, eppure l'arte perdona così facilmente. Lei trasforma i tuoi versamenti in alberi, le tue scivolate in foglie, le tue macchie d'inchiostro in epitaffi rossi, dipinti intessuti dal filo delle parole che hai lasciato non dette. Prende il tuo pennello rotto e lo trasforma in nuvole di blu, prende la tua mano tremante e la fonde con la tinta smaltata dal sole. Prende i tuoi sussurri di espiazione e li trasforma in lapidi per i morti, prende la tua lacrima versata e la trasforma in un letto di fiume. Allora ditemi perché abbiamo così paura dell'arte, così paura dei numeri in scala che non sono sulle nostre classifiche, perché abbiamo così paura della bellezza impunita, perché abbiamo così paura degli errori senza conseguenze? Mio caro, sono sicuro che sai che l'arte non risparmia nessuno, è spietata, è competitiva, è perfezionista, ti sfinisce dalla mattina alla sera, dalla sera alla mattina il ciclo si ripete; ma mio caro questo è un prezzo che paghiamo, perché l'arte è così misericordiosa, a suo modo meravigliosa.

Il giorno in cui la morte si innamorò della vita

Il giorno in cui la morte si innamorò della vita ci fu un chiacchiericcio tra i fiori. Il vento fischiava dolcemente, assorto nella loro conversazione. Il Sole si era nascosto dietro una maglia bianca, timido nelle conversazioni d'amore, e la falce di luna era ancora visibile; il portamento in questo equilibrio era prominente. Il fango soffice e inciso dalle impronte dell'umanità lasciava penetrare questi sussurri, e le gocce sul fogliame verde si guardavano l'un l'altra con una domanda negli occhi.

Il giorno in cui la morte si innamorò della vita, fu il giorno in cui guardò i suoi occhi. Fu il giorno in cui si chiese come una persona così rovinata potesse mai toccare qualcosa di così puro, così bello, quindi non lo fece. Decise di seguirla fino ai confini del mondo. Il giorno in cui la morte si innamorò della vita, disse al tempo di aspettare, e lei lo fece, aspettò per l'eternità il ritorno del suo compagno, ma la morte si era innamorata. La morte si era innamorata così disperatamente e tragicamente della vita che i fiori intorno a lui brillavano di un bellissimo oro e gli uccelli intorno a lui sembravano cantare le canzoni più belle. La Morte si era innamorata così perdutamente della vita che aveva paura di toccarla, nel caso la portasse via, e così osservava da lontano, guardava come lei guariva tutti quelli che la circondavano, forse anche lui. Forse anche la morte potrebbe vivere, e forse la vita potrebbe innamorarsi della morte. Ma il tempo si sentiva solo, separato dal suo unico compagno, così, per la prima volta, si separò dalla morte e fece in modo che l'orologio suonasse comunque le 12, e

la morte è stata costretta a togliere la vita.

Le nuvole versarono lacrime, il fango pianse e si lavò via. La Luna pianse per la vita, coprendo la sua mezzaluna con un velo nero, e il Sole andò a riportarla indietro. Il vento ha urlato forte, le gocce dovute sono state risucchiate dalla tempesta; il giorno in cui la morte si è innamorata della vita, il mondo è andato in pezzi.

Le sfumature del bianco

Mi offuschi la testa, le sfumature del nero. La linea piatta si è intorpidita;

Un colore, un tocco gentile. Sei entrato nelle mie vene e hai dato la mano a Eve,

Il Prisma che illumina le mie tonalità.

Una testa annebbiata, inondata di grigio.Corona sanguinante

La sua testa era pesante La storia della sua fine La corona sanguinava

Poesia nel vino versato

Ti avvolgerò il tramonto con un nastro d'oro, un pizzico di muschio e la bellezza si dispiegherà.

I raggi che escono dalle fessure come vino, la sabbia che si esaurisce, segnando il nostro tempo. Bacerò le acque in un ruscello per te, di' una parola e dirò addio alla mia vita. Il sangue macchia le acque calme come il vino, la sabbia si esaurisce, segnando il nostro tempo. Attirerò il vento in un cesto di uncinetto, allontanandolo dalla sua casa.

La polvere di arenaria rossa che impregna l'aria come il vino, la sabbia che si esaurisce, segnando il nostro tempo.

Catturerò la luna tra nuvole d'argento e te la presenterò in un piatto di cristallo lungo il fiume. La luna rossa e arrabbiata che ci illumina come un vino versato, la sabbia che si esaurisce, segnando il nostro tempo.

Immergerò il tuo cristallo preferito nel mare arrabbiato, inzuppato nei raggi del sole,

Sbocciano con l'essenza degli alberi che cadono. Ti darò il mondo in un bel pacchetto rosa, perché forse allora il tuo sguardo si poserà su di me.

Vangeli rossi

Non sussurri parole ma poesie, non frasi ma ballate,

Bagnato nel miele e avvolto nell'oro,

Non sussurri parole ma storie, ancora non raccontate
Non canti ma urla,

Non versi ma grida,

Traboccanti di speranze perdute e di lacrime, non cantate canzoni ma dolore misto a paura.

Non danzate passi ma emozioni, non pezzi ma fervore.

Ogni torsione fa male alla caviglia, non danzi passi ma tormenti. Non dipingete quadri ma storie, non arte ma cronache,

Dipinti di rosso sangue, i racconti di guerra;

Non dipingete immagini, ma vangeli; la gente chiede di più.

Non racconti storie ma i loro finali, racconti di eroi o di cattivi, ogni frase è dolorosamente vicina alla fine, non racconti storie ma la tua fine.

Soggiorno

Rimani, nella mia vita. Dimenticare una parte di sé e tornare a riprenderla a distanza di anni, girando nervosamente intorno alla porta con le mani in tasca, cercando di pensare alle parole da dire. Implorate "ancora cinque minuti", mentre la sveglia vi sveglia, ancora cinque minuti prima che il vento vi porti via.

Rimani, nella mia vita. Chiamatemi alle 3:12 del mattino con il solo fiato corto per dire tutto quello che c'è da dire, scrivetemi quell'e-mail e cancellatela, ma continuate a scrivermi lo stesso.

Rimani, nella mia vita. Guardami in corridoio, apri la bocca e va bene se le parole non scorrono, ma ricordati di guardarmi negli occhi come hai fatto tutte quelle volte. Mi passi accanto, ti giri per scusarti e io lascio perdere se mi guardi con quello sguardo, ma ricordati di restare.

Rimani, nella mia vita. Dimentica una parte di te stesso e ti prometto che la terrò al sicuro, avvicinati nervosamente alla porta e ti prometto di invitarti a entrare, implora altri cinque minuti e ti giuro che ti darò tutta la vita, solo per favore, prometti di restare.

Frammenti di mare

Va e viene come le maree di un oceano un tempo bellissimo,

Cancellare le impronte sulla sabbia; un ultimo ricordo della nostra esistenza.

Trasporta rocce con dichiarazioni d'amore.

È uno tsunami, è una spazzola gentile.

Mi spezza in due, mi rimodella nel palmo della sua mano Mi tiene in ostaggio; io alle calcagna della mia creazione.

Mi fa implorare piangere sperare, è un disastro, un tocco di salvezza.

Canta le urla di chi ha perso la voce, danza per chi non può più muoversi.

Fa scrivere una prosa dopo l'altra, è la mia redenzione, è la mia fine.

È l'odore del fango dopo la pioggia,

È lo scivolamento del piede con il pavimento bagnato. Sono le ginocchia sbucciate e i gomiti sanguinanti,

È un cerotto, è una ferita da proiettile.

Arriva e uccide come le onde di un oceano arrabbiato, spazzando via ricordi e persone ancora felici.

Porta via la speranza, l'ultima grazia di salvezza; è

la mia volontà di vivere, è la mia volontà di non farlo.

Poesia in un bicchiere di vino

Era poesia in un bicchiere di vino. Si è infuriata, ha urlato, ha pianto, ha versato. Ha fatto male, si è macchiata, è caduta, è fluita.

Ha imbottigliato le sue emozioni in una bottiglia di vino vintage,

La sua rabbia scuote la cantina e rompe gli involucri. Ha messo in sicurezza la cantina con un muro di acciaio,

Finché qualcuno non li ha fatti crollare insieme alla sua cantina. Ha creato una sezione per ciascuno dei suoi sentimenti,

Un assortimento di vini che riempie le sezioni. Rabbia fame disperazione senza speranza, tutto riempito con il più ricco dei vini.

Una poltiglia di ragnatele, però, dove avrebbe dovuto esserci il suo amore.

Giorni passati a fissare l'armadietto vuoto, ogni tanto cercava di infilarci un vino o due. Ma nessun vino si sentiva abbastanza rotto

Nessun vino si sentiva abbastanza marcio.

Lei era passione, compostezza, calore, spietatezza, tutto mescolato insieme in un sapore che nessuno preferiva. Era il vino che non invecchiava bene,

L'uva che si mescola un po' troppo acida.

Occhi e costellazioni

I cliché li ho odiati più del romanticismo,

Ma quando i suoi occhi si illuminarono come le costellazioni che tanto amava,

Con un brivido di qualcosa che non riuscivo a capire, lasciai perdere e ripensai alla situazione.

Le smancerie e le cotte le ho odiate più del romanticismo,

Ma quando gli si chiede di parlare di lui e di avere tante cose da dire, le parole non sono ancora pronte,

Ho lasciato perdere e ci ho ripensato.

Rose e cioccolatini li odiavo più del romanticismo, ma vederlo eccitato mentre annusava le rose e mangiava il cioccolato,

I suoi amici mormorano della sua amante segreta, io lascio perdere e ci ripenso.

Sguardi rubati che ho odiato più del romanticismo,

Ma con i suoi occhi che hanno un bagliore di sfida, che non si tirano indietro nemmeno dopo aver incontrato i miei,

Ho catturato il momento prima di lasciarlo scivolare. Avevo riflettuto molto con lui.

Pensare, cancellare, inciampare, cadere.

Il flusso della mia vita si è dipanato velocemente, come se i suoi fili fossero stati tagliati.

Ma non ci feci caso,

Perché, mentre lo osservavo da lontano,

    Lasciai cadere il pensiero e sorrisi ancora una volta.

La R in cRime

Volevo fingere ancora un po' e così ho accecato i miei occhi e assordato le mie orecchie.

"Sii un eroe"

Le sue parole riecheggiano nel mio cervello: "Salva il tuo mondo".

Mi insultano: "Ma io salverò il mio".

Un regalo d'addio, una promessa,

Salvare qualcuno che non aveva bisogno di essere salvato; Dal criminale al crimine.

Scrollai via quei pensieri,

Mentre sentivo una sensazione di strisciamento lungo la gamba, sussurri di promesse non ancora fatte, frammenti di una vita non ancora vissuta.

"Gli eroi sono fatti dalla strada che scelgono Non dai poteri di cui sono dotati". Il potere ce l'avevo, e la strada l'ho scelta,

Ma quando ho aperto gli occhi e l'ho visto da vicino,

Mi chiedevo se il torto dovesse essere sentito così bene. Un sorrisetto gli abbellì le labbra che io involontariamente rispecchiai Guardare le fiamme ruggire, facendo bruciare il mondo.

Non volevo più fingere. Così, ho strappato il mio

travestimento,

Strappato il mantello, annerito il viso

E si diresse verso di lui. "Aveva salvato il suo mondo"

Pensai mentre intrecciavo le mie dita con le sue. "E io avevo abbandonato il mio"

Due criminali, persi nella beatitudine del crimine.

La figlia dell'universo

L'universo è misterioso", penso. Si piega e si dispiega, rivela e nasconde, fa e rompe, ma tiene le sue verità nascoste sotto un mucchio di nascondini. Lei crea i pianeti, la luna, le stelle e, per qualche motivo, ha creato me. Colei che ha il potere di plasmare l'universo, di addormentare il Sole e di rendere la Luna una mezzaluna, e poi non vista, crea me. Ma poi penso che forse non mi ha creato per me. Credo di esistere per te, perché lei potrebbe piegarsi, dispiegarsi, rivelarsi, nascondersi, fare e rompersi, ma so una cosa dell'universo: non doveva avere favoriti, ma credo che questo sia avvenuto prima che tu fossi creato.

Un appello al Corvo

Caro corvo,

Ho sentito dire che ricordi i volti. Si ricorda la curva della guancia e l'inclinazione del naso. Ricorda il tuffo degli occhi e il sollevamento delle labbra. Si ricordano la dolcezza di una risata e le asprezze di un tono. Quindi vi chiedo, con tutta la speranza che ho nel cuore, vi ricordate del mio amante? Ricordate il rosa del loro viso, l'oceano nei loro occhi e il sole in loro? Ricordate il mio amante come cosmico, o lo ricordate come un umano qualunque che vi ha preparato una ciotola d'acqua? Se li ricorda? Vi prego, se ricordate il loro sorriso, o anche il loro cipiglio, datemi un pezzo di loro. Caro corvo, se mai dovessi trovare un pezzo di cosmo, nascosto da qualche parte dietro il marrone dei tuoi nidi e il blu del tuo tetto, ti prego di restituirmi il mio universo.

La nostra lingua

Sono debole in matematica. La trigonometria mi fa paura e faccio finta che l'integrazione non esista, ma so che 1+1 non è 11, è 2, perché nessuno dei due è maggiore dell'altro, nessuno dei due può prendere il posto del decimo, e forse non è proprio così che funziona l'addizione, ma speravo che fosse così che funzionasse con noi. Invece tu hai preso il 10 e mi hai lasciato l'1, e io ho pensato che forse l'1 è meglio dello 01, quindi la matematica continua a non piacermi, ma penso che forse non sono mai stato io a non capire la matematica, forse sei stato solo tu.

Ore 3:14.

Ore 3:14.

Giovedì

Non voglio che mi ami a sua volta. Strano, vero? Passiamo insieme ogni momento di veglia, ogni giorno inizia aprendo la sua chat e sorridendo ai suoi messaggi perché si sveglia presto, e ogni giorno finisce mandandogliene uno perché dormo fino a tardi, ma non voglio che mi ricambi. Ad ogni compleanno, ad ogni vacanza, ad ogni traguardo raggiunto, lui è la mia prima chiamata. La sua famiglia mi chiama figlio e lui è il primo ragazzo che mia madre ama. Ogni stupida discussione e ogni giornata orribile finiscono con lui che mi fa ridere, ma non voglio che mi ricambi.

Divertente, vero? Il mio mondo ruota intorno a lui. Lui non lo sa, ma io sto imparando a giocare a tutti quei videogiochi che gli piacciono e sto risparmiando per comprare i biglietti in prima fila per quella band che ama tanto. Mi sveglio prima del solito per fargli una sorpresa prima che parta per l'università e dormo più tardi del solito per poter finire l'album per il nostro anniversario di un anno (nota: prendere le stampe), ed è così ovvio che sono innamorata di lui, ma non voglio che lui mi ricambi. Non voglio che mi ricambi perché se lo fa, la situazione diventa così reale. Se mi ricambia, diventa pazzo come me, quindi no, non voglio che mi ricambia, perché tutti i poeti che sono amati, scrivono poesie sul crepacuore.

Come muoiono le stelle

Il mio amore per lei era così forte da rivaleggiare con una supernova. Urlava, gridava, era il ragazzo che era fuggito gridando dalla scogliera, ridendo e piangendo e dicendo a chiunque volesse ascoltare; era un'esplosione. Era forte ed era grande e stava eruttando ed era la pioggia; il mio amore per lei era così forte da rivaleggiare con la nascita di una stella; era così grande da far impazzire i poeti.

Ma poi ho visto il suo sorriso in una domenica mattina a caso, solo uno scorcio di sorriso, una morbidezza e una facilità nei suoi passi, come si sentisse a casa e come sapessi che avrebbe girato la testa, l'avrebbe inclinata e avrebbe detto "ciao", e ho capito, ho capito che è così che muoiono le stelle.

Nuvole d'argento

Credo di odiare il colore argento. L'ho odiato quando l'ho indossato per la prima volta sul podio, l'ho odiato quando l'ho appeso alla parete e stonava con l'oro che riveste le mie mensole, ma credo di averlo odiato soprattutto quando ho aperto il regalo di compleanno che mi hai fatto per vedere una catena d'argento all'interno. Avevo imparato a memoria le tue squadre di calcio preferite, anche se non riuscivo mai a capire cosa stesse succedendo. Conoscevo tutti i tuoi film preferiti e il tuo stand gastronomico preferito, il vecchio Falafel in fondo all'isolato. Avevo memorizzato i numeri dei tuoi amici nel caso in cui il mio telefono avesse smesso di funzionare di nuovo per le strade della Thailandia, e dovevo controllare due volte il tuo numero di scarpe perché ne avevo trovato un paio che sapevo ti sarebbero piaciute, ma tu non potevi nemmeno vedere tutte le collane d'oro che indosso. Non ricordereste mai quando mi sono lamentata di come l'argento mi sbiadisca, e quindi non ho potuto comprare quel top che mi piaceva tanto, e di come ho dovuto cambiare gli orecchini che mi aveva comprato mia madre perché l'argento non era il mio colore. Di come avevo comprato la mia collana d'oro preferita durante quell'orribile viaggio in macchina con i nostri amici, e di come avevo rivestito il mio bancone di gioielli d'oro; non riuscivi proprio a ricordare. Quindi sì, forse ricevere una medaglia d'argento in seconda elementare ha fatto schifo, ma ricevere quella catenina d'argento da te ha fatto molto più male, perché non riuscivi a ricordare. Le mie nuvole non hanno mai avuto un rivestimento d'argento; sono sempre state completamente d'oro, ma per la prima volta dalla seconda elementare, oggi hai fatto piovere argento sulle mie nuvole.

Ricordi fugaci

I ricordi sono così fugaci. Giuro che è passato un anno, e lo so perché ricordo ogni giorno con te, o forse è ogni conversazione e non il giorno perché i ricordi sono così fugaci, ma l'ho già detto? In ogni caso. Mi dimentico spesso. Se ho fatto colazione con i cereali o se l'ho saltata del tutto è qualcosa che ancora non ricordo dopo tutti questi anni, ma so che me l'hai ricordato 12476 volte, perché ricordo ogni conversazione con te, o forse era solo una, le altre 2476 volte ero io che mi ricordavo di te, ma che ne so, hai sempre detto che ero debole in matematica. Me lo ricordo, ma non credo di ricordarmi più di te. È buffo, perché mi sveglio ancora alle 6:17, esattamente un minuto prima di te, non so ancora perché, ma forse perché i ricordi non sono fugaci; alcuni si radicano in noi, e gli altri tornano a chiunque appartengano. Forse eravamo solo noi ad essere fugaci.

6 Piedi

Odiava la loro differenza di altezza. La sovrastava e rideva quando lei indossava i tacchi più grossi ed era comunque più bassa di lui. Lei gli dava un leggero pugno sulla spalla, mormorando imprecazioni e bestemmie, e lui rideva e la avvicinava; era ambientato, era bello, era casa. Ma le case si frantumano quando si aprono le cateratte, e mentre le sue lacrime scorrono, rendendo umido il fango sotto di lei, lei è finalmente più alta di lui. Lei era ancora alta un metro e settanta, ma ora lui era sotto di un metro e ottanta.

Ancora domani

Desidero che la stella cadente faccia sparire il domani. Che le stelle brillino, che gli uccelli dormano e che il buio rimanga; desidero che la stella cadente domani se ne vada. Desidero che le stelle brillino, ma desidero anche che cadano, perché come posso desiderare se rimangono luminose e vive nel buio? Ma poi mi ricordo che le supernove esistono, e io non sono figlia della scienza, ma delle stelle, e so che per brillare qualcuno deve bruciare. Penso alle supernove, alle stelle, alle galassie e all'universo, ma dimentico di augurare alla stella cadente di andarsene domani. La stella cade, l'alba si spacca; è di nuovo domani.

Tradizione infranta

Era la tradizione. Era il vecchio libro sgualcito e leggermente macchiato che tenevo nella borsa da quando ero in terza elementare. Era il fiore secco che avevo incorniciato sulla mia mensola, il primo che avessi mai ricevuto. Era quel gusto di cioccolato che avevo deciso quando avevo solo due anni; quelle piccole confezioni di carta stagnola che apparentemente tutte le nonne hanno magicamente; era a casa. Ma poi sono cresciuta e ho dovuto lasciare la mia casa. Il mio libro preferito è stato impacchettato in una scatola di cartone, dimenticato e impolverato. Nella mia auto non c'era spazio per i vecchi fiori, dato che ne avevo presi tanti nuovi, così quelli sono finiti nel cestino. Il mio cioccolato preferito divenne quello costoso ricoperto d'oro che non sapeva di cioccolato, e la tradizione, e lui, mi divennero entrambi estranei.

Borsa lanciata

Torno a casa da scuola, sono stanca e fa caldo, lascio la borsa sull'uscio perché so che tornerà da me, mi precipito in camera mia e mi sdraio. Mia madre arriva con un piatto di mango tagliato e io sono così infastidita che voglio che se ne vada perché sono stanca e fa caldo e so che la mia borsa tornerà da me. Dormo per un'ora, o forse di più, perché quando mi sveglio la borsa non è ancora tornata da me. Sono ancora stanca e fa ancora caldo, ma la mia borsa è fuori. Chiamo mia madre per quei manghi che sono lì, solo che non ci sono più. Non è passata un'ora, ma molto di più, e sono ancora stanca e fa ancora caldo, ma questa volta devo tagliare i miei manghi, perché non sono più a casa, e mia madre non è più mia madre.

Sfumature di rosso

Non ha mai pensato che il rosso fosse un colore primario. Vide la rabbia del padre e l'amore della madre. Vide le bottiglie vuote e la cenere, le macchie blu e viola sulla pelle. Vide le linee bianche sul tavolo e le linee bianche sui polsi e si chiese: "Com'è possibile che la rabbia sia rossa, ma anche l'amore lo sia? Come poteva l'ira di suo padre avere la stessa sfumatura del conforto di sua madre? Poi ha visto l'espressione di suo padre quando suo fratello è tornato a casa dopo molti anni, e l'espressione di sua madre quando ha aperto il portafoglio e tutto ciò che ne è uscito è stato un solo centesimo, e ha pensato che forse l'amore e la rabbia non possono esistere l'uno senza l'altra. Forse perché l'amore esista, ci deve essere rabbia nascosta, e perché la rabbia risplenda, l'amore deve essere sepolto in profondità, e forse sia la rabbia che l'amore sono rossi perché esistono sempre insieme, in qualche modo strano e contorto. Forse non abbiamo mai visto il colore dell'amore, perché c'è sempre stata la rabbia, che ha trasformato l'amore in rosso. Una madre che abbraccia il suo bambino singhiozzante lo ama, eppure è arrabbiata con il mondo per aver fatto piangere il suo bambino. Il suo rosso è diverso da quello di un giocatore d'azzardo che ha appena vinto, ma è comunque rosso. Forse è per questo che esistono così tante sfumature di rosso, perché il rosso non è un colore primario, ma ne ha bisogno di due per formarsi.

6:19

Mi sveglio ancora alle 6:17, esattamente un minuto prima di te, ma tu non sei qui, sei quattro ore avanti, quindi forse nella tua vita sto ancora dormendo, ho ancora le lenzuola morbide arrotolate, sono ancora nel letto e sono ancora nel mio sogno. Ma forse sono 20 ore avanti a te. Forse ho finito la mia giornata e la chiamo per la notte. Forse sto solo tornando a casa nella vostra vita, nel vostro tempo, e vado a letto. Ma non importa, perché in entrambi i nostri periodi io sono ancora a letto, e tu sei ancora via, e so che pensi che io sia egoista, ma ho bisogno di più di 24 ore in un giorno, perché forse allora mi sveglierò alle 6:19.

Il mio arazzo

Vaglio i tuoi mostri, un labirinto con l'uscita segnata
Ma caro caos mai così bello

Come è successo una volta che ho tessuto un arazzo con il nostro filato.

Mani cremisi

Si sedette sotto le stelle macchiate d'avorio, perché il mostro si limitava a

preso

preso

preso

Ha preso i suoi pizzi imbiancati di neve e li ha lasciati macchiati di cremisi, ha preso le sue piccole mani, ha modellato il suo corpo sul suo, lo ha dato in pasto ai lupi e l'ha lasciata con i resti. Le sussurrò all'orecchio promesse di una vita non vissuta, ma quando lei fece una domanda, lui le soffocò il respiro.

Collo viola, occhi rossi, porta marrone, viti nere.

38   Un appello al corvo

Polvere d'oro

Stelle rotte

In tutti gli altri universi, Orfeo si gira, e in tutti gli altri universi Euridice non c'è, ma un Orfeo che non si guarda indietro è un Orfeo che non ama Euridice, e così lei paga il prezzo dell'amore; eterno e oscuro, separato per sempre dalle stelle.

www.ingramcontent.com/pod-product-compliance
Lightning Source LLC
LaVergne TN
LVHW041558070526
838199LV00046B/2041